AF214630

Die Erfindung des Werwolfs

Wandlung, Gestalt und sanguin

Eine Betrachtung

von

Lutz Spilker

DIE ERFINDUNG DES WERWOLFS – WANDLUNG, GESTALT UND SANGUIN

Bibliografische Information der Deutschen Nationalbibliothek:
Die Deutsche Nationalbibliothek verzeichnet diese Publikation in der Deutschen Nationalbiblio-
grafie; detaillierte bibliografische Daten sind im Internet über http://dnb.dnb.de abrufbar.

Softcover ISBN: 978-3-384-13757-9
Ebook ISBN: 978-3-384-13758-6

Druck und Distribution im Auftrag des Autors:
tredition GmbH, An der Strusbek 10, 22926 Ahrensburg, Germany

Die im Buch verwendeten Grafiken entsprechen den
Nutzungsbestimmungen der Creative-Commons-Lizenzen (CC).

Sämtliche Orte, Namen und Handlungen sind frei erfunden. Ähnlichkeiten mit lebenden oder
verstorbenen Personen sind daher rein zufällig, jedoch keinesfalls beabsichtigt.
Das Werk einschließlich aller Inhalte ist urheberrechtlich geschützt. Nachdruck oder Reproduk-
tion (auch auszugsweise) in irgendeiner Form (Druck, Fotokopie oder anderes Verfahren) sowie
die Einspeicherung, Verarbeitung, Vervielfältigung und Verbreitung mit Hilfe elektronischer
Systeme jeglicher Art, gesamt oder auszugsweise, sind ohne ausdrückliche schriftliche Geneh-
migung des Autors oder des Verlages untersagt.
Alle Rechte vorbehalten.

Inhalt

Der Werwolf

Ein Werwolf eines Nachts entwich
von Weib und Kind und sich begab
an eines Dorfschullehrers Grab
und bat ihn: Bitte, beuge mich!

Der Dorfschulmeister stieg hinauf
auf seines Blechschilds Messingknauf
und sprach zum Wolf, der seine Pfoten
geduldig kreuzte vor dem Toten:

"Der Werwolf" - sprach der gute Mann,
"des Weswolfs, Genitiv sodann,
dem Wemwolf, Dativ, wie man's nennt,
den Wenwolf, - damit hat's ein End."

Dem Werwolf schmeichelten die Fälle,
er rollte seine Augenbälle.
Indessen, bat er, füge doch
zur Einzahl auch die Mehrzahl noch!

Der Dorfschulmeister aber mußte
gestehn, daß er von ihr nichts wußte.
Zwar Wölfe gäb's in großer Schar,
doch "Wer" gäb's nur im Singular.

Der Wolf erhob sich tränenblind -
er hatte ja doch Weib und Kind!!
Doch da er kein Gelehrter eben,
so schied er dankend und ergeben.

Christian Morgenstern

Christian Otto Josef Wolfgang Morgenstern (* 6. Mai 1871 in München; † 31.
März 1914 in Untermais, Tirol, Österreich-Ungarn) war ein deutscher Dichter,
Schriftsteller und Übersetzer. Besondere Bekanntheit erreichte seine komische
Lyrik, die jedoch nur einen Teil seines Werkes ausmacht.

Vorwort

Liebe Leserinnen und Leser,

es ist mir eine große Freude, Ihnen das Buch ›Die Erfindung des Werwolfs‹ vorzustellen. In den folgenden Seiten werden wir gemeinsam in die faszinierende Welt der Folklore, Mythologie und kulturellen Konstruktion eintauchen, die das Phänomen der Werwölfe umgibt.

Werwölfe – diese geheimnisvollen Wesen faszinieren und beunruhigen die menschliche Vorstellungskraft seit Jahrhunderten. Sie sind eine universelle Figur in den Geschichten und Legenden verschiedener Kulturen und haben sich fest in unserer kollektiven Vorstellung verankert. Doch was verbirgt sich hinter dieser Gestaltwandlung von Mensch zu Wolf? Und warum übt das Bild des Werwolfs eine solche Anziehungskraft auf uns aus?

In diesem Vorwort wurde bereits festgestellt, dass Werwölfe rein mythologische Figuren sind – eine kulturelle Konstruktion, die in Legenden, Märchen und Geschichten verwurzelt ist. Doch gerade diese kulturelle Konstruktion bietet uns einen faszinierenden Einblick in die menschliche Psyche und die Art und Weise, wie wir die Welt um uns herum wahrnehmen und interpretieren.

In diesem Buch werden wir die Geschichte der Werwölfe chronologisch und thematisch durchleuchten. Wir werden den Ursprüngen und frühen Überlieferungen von Werwölfen in verschiedenen Kulturen nachspüren und ihre Entwicklung im Laufe der Jahrhunderte verfolgen. Dabei werden wir uns nicht nur auf die europäische Folklore beschränken, sondern uns auch einen Blick auf Werwolf-Vorstellungen in anderen Teilen der Welt gönnen.

Wir werden uns mit den psychologischen und symbolischen Aspekten von Werwölfen beschäftigen und untersuchen, welche Rolle sie in der menschlichen Kultur und Psyche spielen. Dabei werden wir auch kritisch hinterfragen, warum das Bild des Werwolfs so stark in unserer Vorstellung verankert ist und welche tiefgreifenden Bedeutungen und Ängste es für uns als Individuen und als Gesellschaft birgt.

Es ist mein aufrichtiger Wunsch, dass dieses Buch nicht nur eine informative Lektüre über die Geschichte und Mythologie der Werwölfe ist, sondern auch eine anregende Reflexion darüber, wie wir als Menschen Geschichten erschaffen, um die Welt um uns herum zu verstehen und zu interpretieren.

Ich danke Ihnen, liebe Leserinnen und Leser, dass Sie sich auf diese Reise in die Welt der Werwölfe begeben. Möge dieses Buch dazu beitragen, dass wir die faszinierende Komplexität und Vielschichtigkeit der menschlichen Vorstellungskraft noch besser verstehen und schätzen lernen.

Wie ist der Name ›Werwolf‹ entstanden?

Der Begriff ›Werwolf‹ stammt aus dem altdeutschen und althochdeutschen Wort ›werwulf‹ oder ›weruolf‹, das aus zwei Teilen besteht: ›wer‹, was ›Mann‹ oder ›Mensch‹ bedeutet, und ›wulf‹, was ›Wolf‹ bedeutet. Zusammen bedeutet ›Werwolf‹ also wörtlich ›Mannwolf‹ oder ›Menschwolf‹.

Die genaue Herkunft des Begriffs ist nicht eindeutig geklärt, aber er tauchte erstmals im deutschen Sprachraum im 12. Jahrhundert auf. In mittelalterlichen Texten wurden ›Werwölfe‹ als Menschen beschrieben, die sich in Wölfe verwandeln konnten, entweder durch magische Kräfte, Flüche oder rituelle Praktiken.

Es wird angenommen, dass der Begriff ›Werwolf‹ in Verbindung mit Vorstellungen von Gestaltwandlern und menschenähnlichen Wesen mit wolfähnlichen Eigenschaften entstand, die in vielen Kulturen weltweit in Mythen und Legenden vorkommen. Im Laufe der Zeit wurde der Begriff ›Werwolf‹ fest mit der Vorstellung von Menschen verbunden, die sich bei Vollmond in Wölfe verwandeln, und hat sich zu einem zentralen Motiv in der Folklore und Popkultur entwickelt.

Gestaltwandler in der Antike:
Eine Reise durch die Mythologie

Die Vorstellungen von Gestaltwandlern und Wesen, die die Fähigkeit besitzen, ihre äußere Erscheinung zu verändern, sind tief in den mythologischen Überlieferungen der antiken Kulturen verwurzelt.

In den Mythen und Legenden des antiken Griechenlands, Ägyptens, Mesopotamiens und anderer Zivilisationen finden wir zahlreiche Beispiele für Gestaltwandler, die sowohl faszinierend als auch furchterregend sind.

Die Gestaltwandler in der griechischen Mythologie

In der griechischen Mythologie finden wir eine Vielzahl von Gestaltwandlern, deren Fähigkeiten und Erscheinungsformen die Fantasie der Menschen seit Jahrtausenden beflügeln. Einer der bekanntesten Gestaltwandler ist Zeus, der höchste Gott des Olymps, der sich häufig in verschiedene Tiergestalten verwandelte, um seinen Liebschaften nachzugehen oder sich vor seinen Feinden zu verbergen. So verwandelte er sich beispielsweise in einen Stier, einen Schwan oder einen goldenen Regen, um den Kontakt zu sterblichen Frauen aufzunehmen.

Gestaltwandler in anderen antiken Kulturen

Auch in anderen antiken Kulturen finden sich Geschichten von Gestaltwandlern und Tiermenschen. Im alten Ägypten spielten Gestaltwandler eine wichtige Rolle in der Mythologie, wie zum Beispiel der Gott Anubis, der oft als Mensch mit einem Schakalkopf dargestellt wurde. In der mesopotamischen Mythologie gab es Geschichten von Dämonen und Gottheiten, die sich in verschiedene Tiergestalten verwandeln konnten, um die Menschen zu täuschen oder zu verführen.

Die Bedeutung von Gestaltwandlern in der antiken Gesellschaft

Die Vorstellung von Gestaltwandlern hatte in der antiken Gesellschaft eine tiefe symbolische Bedeutung. Sie standen oft für die Verbindung zwischen Mensch und Tier, zwischen der zivilisierten Welt und der Wildnis, zwischen dem Göttlichen und dem Profanen. Gestaltwandler verkörperten oft die Macht und Vielseitigkeit der Natur und dienten als Vermittler zwischen den Welten.

Zusammenfassung:

Die Vorstellungen von Gestaltwandlern in der Antike zeugen von der tiefen Verwurzelung dieser archetypischen Figuren in der menschlichen Vorstellungskraft. Sie spiegeln die Sehnsucht nach Veränderung, Transformation und Verbindung mit der Natur wider und haben bis heute einen festen Platz in unseren Mythen und Legenden.

Die Spuren des Werwolfs in den frühzeitlichen Überlieferungen der Menschheit

Die Vorstellung von Wesen, die die Fähigkeit besitzen, sich von Mensch zu Tier zu verwandeln, ist ein faszinierendes und tief verwurzeltes Motiv in den mythologischen Überlieferungen verschiedener Kulturen weltweit.

Schon in den frühesten Zeiten der Menschheitsgeschichte finden sich Hinweise auf die Existenz von Wesen, die den Werwölfen ähneln.

Werwölfe in den Legenden der alten Völker

In den mythologischen Erzählungen der alten Völker, wie den indigenen Stämmen Amerikas, den nordischen Sagen der Germanen und den Legenden der Ureinwohner Australiens, finden sich zahlreiche Geschichten von Gestaltwandlern und Tiermenschen. Diese Wesen werden oft mit der Natur und den wilden Kräften der Welt in Verbindung gebracht und sind sowohl verehrt als auch gefürchtet.

Die Verwandlungskunst in der antiken Welt

Auch in den antiken Kulturen des Mittelmeerraums und des Nahen Ostens finden sich Hinweise auf die Existenz von Gestaltwandlern und Werwölfen. In den mythologischen Überlieferungen der Griechen und Römer finden sich zahlreiche Geschichten von Menschen, die sich in Wölfe verwandeln können, entweder durch göttliche Bestrafung, magische Rituale oder Flüche.

Die Bedeutung von Werwölfen in der prähistorischen Kunst

Auch in der prähistorischen Kunst finden sich Hinweise auf die Existenz von Werwölfen und Gestaltwandlern. In Höhlenmalereien und Felszeichnungen auf der ganzen Welt finden sich Darstellungen von menschenähnlichen Wesen mit tierischen Merkmalen, die darauf hinweisen, dass die Vorstellung von Gestaltwandlern schon in frühester Zeit ein fester Bestandteil der menschlichen Vorstellungskraft war.

Die universelle Bedeutung von Werwölfen

Die Vorstellung von Werwölfen und Gestaltwandlern ist ein faszinierendes Beispiel für die universelle Natur der menschlichen Vorstellungskraft. Trotz kultureller Unterschiede und geografischer Trennung finden sich ähnliche Motive und Symbole in den Legenden und Mythen der verschiedenen Völker der Welt, was darauf hinweist, dass die Vorstellung von Gestaltwandlern tief in der menschlichen Psyche verankert ist.

Zusammenfassung:
Die Spuren des Werwolfs lassen sich bis in die frühesten Überlieferungen der Menschheit zurückverfolgen. Diese archetypische Figur hat im Laufe der Geschichte viele Gestalten und Interpretationen angenommen, aber ihr Kern bleibt immer derselbe: die Sehnsucht nach Veränderung, Transformation und Verbindung mit der Natur.

Die Faszination der Gestaltwandlung: Werwölfe in der Mythologie des antiken Griechenlands und Roms

Die antike Welt der Griechen und Römer war reich an Mythen und Legenden, die die menschliche Vorstellungskraft beflügelten und bis heute faszinieren.

In dieser Welt der Götter, Helden und Ungeheuer finden sich auch zahlreiche Geschichten von Gestaltwandlern und Wesen, die sich von Mensch zu Tier verwandeln können.

Die Gestaltwandler in der griechischen Mythologie

In der griechischen Mythologie gibt es zahlreiche Beispiele für Gestaltwandler, die die Fähigkeit besitzen, ihre äußere Erscheinung zu verändern. Einer der bekanntesten Gestaltwandler ist Zeus, der höchste Gott des Olymps. In vielen seiner Mythen verwandelt sich Zeus in verschiedene Tiergestalten, um seinen Liebschaften nachzugehen oder sich vor seinen Feinden zu verbergen. So verwandelt er sich beispielsweise in einen Stier, einen Schwan oder einen goldenen Regen.

Die Legenden von Lykanthropen

Eine der frühesten Erwähnungen von Gestaltwandlern in der griechischen Mythologie findet sich in der Legende von Lykaon, dem König von Arkadien. Lykaon soll Zeus bewirtet haben, indem er ihm menschliches Fleisch servierte. Zur Strafe verwandelte Zeus Lykaon und seine Söhne in Wölfe. Diese Legende wird oft als früheste Erwähnung von Werwölfen in der griechischen Mythologie betrachtet und hat möglicherweise zur Entstehung des Begriffs ›Lykanthropie‹* beigetragen.

---

* = Lykanthropie (altgr. λύκος lýkos ›Wolf‹ und ἄνθρωπος ánthrōpos, ›Mensch‹) bezeichnet die Verwandlung eines Menschen in einen Werwolf (Wolfsmenschen), wie sie in Sage, Märchen und Fiktion vorkommt. Gestaltwandlungen zwischen Mensch und Tier im Allgemeinen werden unter dem Begriff Therianthropie (z. B. in Raubtiere wie Bären, Löwen oder Leoparden) zusammengefasst. Der Begriff wird gelegentlich auch im Zusammenhang mit Vampirismus verwendet.
→ https://de.wikipedia.org/wiki/Lykanthropie

Werwölfe in der römischen Mythologie

Auch in der römischen Mythologie finden sich Geschichten von Gestaltwandlern und Werwölfen. In der römischen Mythologie ist der Gott Faunus, der Beschützer der Hirten und Landwirte, oft mit dem Faunus gleichgesetzt, einer mythologischen Figur, die halb Mensch, halb Ziege ist und die Fähigkeit besitzt, sich in einen Wolf zu verwandeln.

Die symbolische Bedeutung von Werwölfen

Die Vorstellung von Werwölfen und Gestaltwandlern hatte in der antiken Welt eine tiefe symbolische Bedeutung. Sie standen oft für die Verbindung zwischen Mensch und Tier, zwischen Zivilisation und Wildnis, zwischen dem Göttlichen und dem Profanen. Werwölfe verkörperten die Macht und Vielseitigkeit der Natur und dienten als Vermittler zwischen den Welten.

Zusammenfassung:

Die Vorstellung von Werwölfen und Gestaltwandlern war in der antiken Welt der Griechen und Römer ein fester Bestandteil der mythologischen Vorstellungswelt. Diese archetypischen Figuren spiegelten die Sehnsucht der Menschen nach Veränderung, Transformation und Verbindung mit der Natur wider und haben bis heute einen festen Platz in unseren Mythen und Legenden.

Die Fährten der Werwölfe im Reich der Germanen:

Mythen und Verwandlungsgeschichten

Die germanische Mythologie ist reich an faszinierenden Geschichten und Legenden, die die nordischen Völker seit Jahrhunderten faszinieren. Unter den vielen mythologischen Figuren und Gestalten finden sich auch zahlreiche Erzählungen von Werwölfen und Gestaltwandlern, die die Grenzen zwischen Mensch und Tier überschreiten.

Die Bedeutung von Werwölfen in der germanischen Kultur
In der germanischen Kultur hatten Werwölfe eine besondere Bedeutung und waren eng mit dem Glauben an die Verbindung zwischen Mensch und Natur verbunden. Werwölfe wurden oft als Vermittler zwischen den Welten betrachtet, die die Fähigkeit besaßen, sich in verschiedene Tiergestalten zu verwandeln und die Weisheit und Macht der Natur zu verkörpern.

Die Legenden von Wölfen und Menschen

Eine der bekanntesten Geschichten aus der germanischen Mythologie, die von Werwölfen handelt, ist die Legende von Fenrir, dem gewaltigen Wolf, der Sohn des Gottes Loki und der Riesin Angrboda* ist. Fenrir wurde von den Göttern gefürchtet und schließlich gefangen und an einen Felsen gebunden, um die Welt vor seiner Zerstörung zu bewahren.

---

* = Angrboda (an Angrboða: ›Angstbotin, -bringerin; Kummerbereitende‹) ist in der nordischen Mythologie eine Riesin.

Sie gebiert in der Verbindung mit Loki drei Kinder: den Riesenwolf Fenrir, die Midgardschlange Jörmungand sowie die Totengöttin Hel. Wegen der Gefahr, die die Kinder für die Götter bedeuteten, wurde Fenrir mit der Fessel Gleipnir gebunden, Jörmungand von den Asen ins Meer geworfen und Hel in die Unterwelt gebannt, wo sie als Herrin der Toten waltet.
→ https://de.wikipedia.org/wiki/Angrboda

Verwandlungsgeschichten und magische Rituale

Auch in den germanischen Sagas und Epen finden sich zahlreiche Geschichten von Menschen, die die Fähigkeit besitzen, sich in Wölfe zu verwandeln. Diese Verwandlungsgeschichten sind oft mit magischen Ritualen und Zauberformeln verbunden, die es den Menschen ermöglichen, ihre menschliche Gestalt abzulegen und die Gestalt eines Wolfes anzunehmen.

Die Rolle von Werwölfen in der germanischen Gesellschaft

Werwölfe spielten in der germanischen Gesellschaft eine vielschichtige Rolle und wurden sowohl gefürchtet als auch verehrt. Sie wurden oft als Beschützer der Natur und der wilden Tiere betrachtet, aber auch als gefährliche Raubtiere, die die Menschen bedrohen konnten. Ihre Gestalten und Eigenschaften spiegelten die Ambivalenz der Natur und der menschlichen Natur wider.

Zusammenfassung:

Die Vorstellung von Werwölfen und Gestaltwandlern war in der germanischen Kultur tief verwurzelt und hatte eine vielschichtige Bedeutung. Diese archetypischen Figuren spiegelten die enge Verbindung zwischen Mensch und Natur wider und haben bis heute einen festen Platz in unseren Mythen und Legenden.

Die Schatten der Nacht: Werwolfglauben im Mittelalter und Volksglauben

Das Mittelalter war eine Zeit geprägt von Aberglauben, Mystik und einem tiefen Glauben an das Übernatürliche. In dieser Atmosphäre der Unsicherheit und Angst spielte der Werwolfglaube eine bedeutende Rolle, sowohl in den Köpfen der Menschen als auch in den volkstümlichen Überlieferungen und Erzählungen.

Die Ursprünge des Werwolfglaubens

Der Glaube an Werwölfe hat seine Wurzeln in den alten Überlieferungen und Mythen verschiedener Kulturen, aber im Mittelalter erreichte er seinen Höhepunkt. Menschen wurden von Ängsten vor der Dunkelheit, vor der Wildnis und vor dem Unbekannten geplagt, und der Gedanke an Gestaltwandler und Kreaturen der Nacht verstärkte diese Ängste noch weiter.

Die Verbindung von Werwölfen und Hexerei

Im Mittelalter wurden Werwölfe oft mit Hexerei und schwarzer Magie in Verbindung gebracht. Hexen und Hexer wurden beschuldigt, sich in Wölfe zu verwandeln und nachts Schaden anzurichten. Diese Vorstellung von Werwölfen als Handlanger der Hexenverehrung trug zur Verbreitung des Werwolfglaubens bei und führte zu zahlreichen Hexenprozessen und Verfolgungen.

Volksglauben und lokale Legenden

In den volkstümlichen Überlieferungen und Legenden des Mittelalters finden sich zahlreiche Geschichten von Werwölfen und Gestaltwandlern, die die Fantasie der Menschen beflügelten. Diese Geschichten wurden von Mund zu Mund weitergegeben und dienten oft dazu, moralische Lehren zu vermitteln oder die Menschen vor den Gefahren der Nacht zu warnen.

Die Angst vor dem Unbekannten

Der Werwolfglaube im Mittelalter war Ausdruck der tiefen Ängste und Unsicherheiten, die die Menschen in dieser Zeit plagten. Die Vorstellung von Gestaltwandlern und Kreaturen der Nacht spiegelte die Angst vor dem Unbekannten und vor den dunklen Seiten der menschlichen Natur wider.

Zusammenfassung:

Der Werwolfglaube im Mittelalter war ein faszinierendes und zugleich beunruhigendes Phänomen, das die Vorstellungskraft der Menschen über Jahrhunderte hinweg fesselte. Diese archetypische Figur spiegelte die tiefen Ängste und Sehnsüchte der Menschen wider und hat bis heute einen festen Platz in unseren Mythen und Legenden.

Zwischen Magie und Finsternis: Die Verbindung von Werwölfen und Hexerei im Mittelalter

Das Mittelalter war eine Zeit, in der der Glaube an Magie und Hexerei weit verbreitet war und oft mit Angst und Misstrauen betrachtet wurde.

In dieser Atmosphäre der Unsicherheit und des Aberglaubens wurden Werwölfe oft als Handlanger der Hexerei betrachtet und mit dunklen magischen Kräften in Verbindung gebracht.

Die Hexenverfolgungen und der Werwolfglaube

Im Mittelalter wurden zahllose Menschen der Hexerei beschuldigt und verfolgt, und der Glaube an Werwölfe spielte oft eine zentrale Rolle in diesen Verfolgungen. Hexen wurden oft beschuldigt, sich in Wölfe zu verwandeln und nachts Schaden anzurichten, indem sie Vieh töteten oder Menschen verfolgten.

Die Geständnisse unter Folter

Unter Folter gestanden viele vermeintliche Hexen, dass sie sich in Wölfe verwandeln konnten und dass sie mit anderen Werwölfen in geheimen Versammlungen zusammenkamen, um schreckliche Taten zu begehen. Diese Geständnisse wurden oft als Beweis für die Existenz von Werwölfen und für die Notwendigkeit von Hexenverfolgungen angesehen.

Die Symbolik des Werwolfglaubens

Der Glaube an Werwölfe war nicht nur Ausdruck der tiefen Ängste und Unsicherheiten der Menschen im Mittelalter, sondern hatte auch eine tiefe symbolische Bedeutung. Werwölfe wurden oft als Synonym für die dunklen Kräfte der Natur und die dunklen Seiten der menschlichen Natur betrachtet, die es zu bekämpfen galt.

Die Verbreitung des Werwolfglaubens in der Populärkultur

Der Glaube an Werwölfe und ihre Verbindung zur Hexerei wurde im Mittelalter nicht nur in religiösen und rechtlichen Kontexten diskutiert, sondern fand auch Eingang in die populäre Kultur. Geschichten von Werwölfen und Hexen wurden von Mund zu Mund weitergegeben und fanden ihren Platz in Volksmärchen, Legenden und Balladen.

Zusammenfassung:

Die Verbindung von Werwölfen und Hexerei im Mittelalter war Ausdruck der tiefen Ängste und Unsicherheiten der Menschen in dieser Zeit und spiegelte die komplexen Beziehungen zwischen Magie, Religion und Aberglauben wider. Diese archetypischen Figuren haben bis heute einen festen Platz in unserer Vorstellungswelt und faszinieren uns mit ihrer düsteren und geheimnisvollen Aura.

Auf den Spuren der Bestien: Werwolfsjagden und -verfolgungen im Mittelalter und der Frühen Neuzeit

Die mittelalterliche und frühe neuzeitliche Periode war geprägt von tiefem Aberglauben, religiösem Fanatismus und einem ausgeprägten Glauben an übernatürliche Phänomene.

In dieser Zeit wurden Menschen, die des Werwolfglaubens beschuldigt wurden, oft Opfer von Verfolgungen und brutalen Jagden, die von Angst und Hysterie getrieben waren.

Die Wurzeln der Werwolfsjagden

Die Wurzeln der Werwolfsjagden lassen sich bis in die späte Antike und das frühe Mittelalter zurückverfolgen, als der Glaube an Gestaltwandler und Tiermenschen weit verbreitet war. Im Laufe der Jahrhunderte wurden Werwölfe oft mit Hexerei und schwarzer Magie in Verbindung gebracht und als Bedrohung für die Gemeinschaft betrachtet.

Die Rolle der Kirche und der Inquisition

Die Kirche spielte eine zentrale Rolle bei der Verfolgung von vermeintlichen Werwölfen und Hexen. Unter dem Einfluss der

Inquisition wurden zahllose Menschen der Hexerei beschuldigt und gefoltert, um Geständnisse zu erzwingen. Diese Geständnisse wurden oft als Beweis für die Existenz von Werwölfen und für die Notwendigkeit von Hexenverfolgungen angesehen.

Die Grausamkeit der Werwolfsjagden

Die Werwolfsjagden und -verfolgungen waren geprägt von Brutalität und Grausamkeit. Menschen, die des Werwolfglaubens beschuldigt wurden, wurden gefoltert, um Geständnisse zu erzwingen, und oft auf grausame Weise hingerichtet, indem man sie verbrannte, enthauptete oder auf andere Weise tötete. Diese Verfolgungen waren Ausdruck der tiefen Ängste und Unsicherheiten der Menschen in dieser Zeit und führten zu unermesslichem Leid und Unrecht.

Das Ende der Werwolfsjagden

Die Werwolfsjagden erreichten im 17. Jahrhundert ihren Höhepunkt, aber mit dem Aufkommen der Aufklärung und dem Rückgang des Aberglaubens begannen sie allmählich abzunehmen. In der zweiten Hälfte des 18. Jahrhunderts wurden die Hexenverfolgungen und Werwolfsjagden in den meisten europäischen Ländern offiziell eingestellt, aber die Erinnerung an diese dunkle Periode der Geschichte bleibt bis heute bestehen.

Zusammenfassung:

Die Werwolfsjagden und -verfolgungen im Mittelalter und der Frühen Neuzeit waren Ausdruck der tiefen Ängste und

Unsicherheiten der Menschen in dieser Zeit und führten zu unermesslichem Leid und Unrecht. Diese dunkle Periode der Geschichte erinnert uns daran, wie gefährlich und zerstörerisch Aberglaube und Hysterie sein können und mahnt uns, wachsam zu bleiben gegenüber den dunklen Seiten der menschlichen Natur.

Die Macht der Kirche und die Schatten der Inquisition: Der Einfluss auf den Werwolfglauben

Die mittelalterliche und frühe neuzeitliche Periode war von einem tiefen Glauben an die Autorität der Kirche und die Macht der Inquisition geprägt.

In dieser Zeit spielten Kirche und Inquisition eine zentrale Rolle bei der Formulierung und Verbreitung des Werwolfglaubens, der eng mit der religiösen und rechtlichen Ordnung verbunden war.

Die Rolle der Kirche bei der Formulierung des Werwolfglaubens

Die Kirche spielte eine entscheidende Rolle bei der Formulierung und Verbreitung des Werwolfglaubens, der eng mit dem christlichen Weltbild verbunden war. In den Predigten und Schriften der Geistlichen wurde der Werwolfglaube oft als Beweis für die Existenz von bösen Mächten und die Notwendigkeit des Kampfes gegen das Böse dargestellt.

Die Inquisition und die Verfolgung von Werwölfen

Die Inquisition war eine Institution, die von der Kirche eingesetzt wurde, um die religiöse Ordnung zu bewahren und Häresie und Aberglauben zu bekämpfen. Im Laufe der Jahrhunderte wurden zahllose Menschen der Hexerei und des Werwolfglaubens beschuldigt und vor die Inquisitionsgerichte gestellt, wo sie oft gefoltert und zum Geständnis gezwungen wurden.

Die Verbindung von Werwölfen und Hexerei

Der Glaube an Werwölfe war eng mit dem Glauben an Hexerei und schwarze Magie verbunden, die als Bedrohung für die christliche Gemeinschaft betrachtet wurden. Werwölfe wurden oft als Handlanger der Hexerei betrachtet, die nachts Schaden anrichteten und unschuldige Menschen bedrohten.

Die moralische und rechtliche Dimension des Werwolfglaubens

Der Werwolfglaube hatte nicht nur eine religiöse, sondern auch eine moralische und rechtliche Dimension. Werwölfe wurden oft als Sünder betrachtet, die sich von der rechten Lehre der Kirche abgewandt hatten und ihre menschliche Natur zugunsten tierischer Instinkte aufgegeben hatten. Ihre Verfolgung wurde oft als gerechte Strafe angesehen, um die christliche Gemeinschaft vor dem Bösen zu schützen.

Zusammenfassung:

Der Einfluss von Kirche und Inquisition auf den Werwolfglauben war tiefgreifend und weitreichend. Die Verbindung zwischen Werwölfen, Hexerei und dem christlichen Weltbild prägte die Vorstellungen und Überzeugungen der Menschen über Jahrhunderte hinweg und führte zu unermesslichem Leid und Unrecht. Diese dunkle Periode der Geschichte erinnert uns daran, wie gefährlich und zerstörerisch religiöser Fanatismus und Aberglaube sein können und mahnt uns, wachsam zu bleiben gegenüber den dunklen Seiten der menschlichen Natur.

Die Faszination der Volkserzählungen: Der Werwolf im Kontext der europäischen Folklore und Märchen

Europa ist reich an vielfältigen Folkloretraditionen und Märchen, die über Generationen hinweg weitergegeben wurden und bis heute die Fantasie der Menschen beflügeln.

In dieser reichen Erzähltradition nehmen Werwölfe eine besondere Stellung ein, da sie sowohl als furchteinflößende Kreaturen als auch als faszinierende Symbole für menschliche Sehnsüchte und Ängste fungieren.

Die Vielfalt der Werwolfgeschichten in Europa

In den verschiedenen Regionen Europas finden sich zahlreiche Varianten von Werwolfgeschichten, die jeweils von lokalen Bräuchen, Traditionen und Glaubensvorstellungen geprägt sind. In einigen Gegenden werden Werwölfe als dämonische Gestalten betrachtet, die nachts ihr Unwesen treiben, während sie anderswo als Opfer von Flüchen oder Verwünschungen dargestellt werden.

Die moralische Dimension der Werwolfmärchen

Werwolfmärchen haben oft eine moralische Dimension und dienen dazu, bestimmte Verhaltensweisen oder Tugenden zu vermitteln. In vielen Märchen werden Werwölfe als Strafe für moralische Verfehlungen oder als Warnung vor den Gefahren des eigenen Tierischen Selbst dargestellt. Sie stehen oft für die dunklen Seiten der menschlichen Natur, die es zu kontrollieren gilt.

Die Verbindung von Werwölfen und Naturmythologie

In vielen europäischen Folkloretraditionen sind Werwölfe eng mit der Naturmythologie verbunden und werden oft als Vermittler zwischen Mensch und Tier betrachtet. Sie verkörpern die Macht und Vielseitigkeit der Natur und symbolisieren die tiefe Verbundenheit zwischen Mensch und Umwelt.

Die Rolle von Werwölfen in der modernen Popkultur

Auch in der modernen Popkultur haben Werwölfe einen festen Platz und sind ein beliebtes Motiv in Literatur, Film und Fernsehen. Sie werden oft als ambivalente Figuren dargestellt, die sowohl furchteinflößend als auch faszinierend sind und die menschliche Vorstellungskraft auf vielfältige Weise beflügeln.

Zusammenfassung:

Der Werwolf ist eine faszinierende Figur in der europäischen Folklore und Märchenwelt, die die menschliche Vorstellungskraft seit Jahrhunderten fesselt. Diese vielschichtigen Geschichten spiegeln die Sehnsüchte, Ängste und Moralvorstellungen der Menschen wider und haben bis heute einen festen Platz in unserer kulturellen Vorstellungswelt.

Die Renaissance des Werwolfglaubens: Neues Denken und neue Interpretationen

Die Zeit der Renaissance und der Aufklärung brachte eine Wiederbelebung des Interesses an alten Mythen und Legenden mit sich, darunter auch an der Vorstellung von Werwölfen.

In dieser Zeit wurden neue Interpretationen und Deutungen des Werwolfglaubens entwickelt, die die Vorstellungskraft der Menschen auf vielfältige Weise herausforderten und beflügelten.

Die Rückkehr der Antike:
Werwölfe in der Renaissancekunst

In der Renaissance erlebte die antike Kunst und Literatur eine Wiedergeburt, und die Vorstellung von Werwölfen fand ihren Weg in die Werke vieler berühmter Künstler und Schriftsteller. Gemälde und Skulpturen von Werwölfen wurden oft als Allegorien für die dunklen Seiten der menschlichen Natur interpretiert und dienten dazu, moralische Lehren zu vermitteln oder gesellschaftliche Missstände anzuprangern.

Die Rationalisierung des Werwolfglaubens:
Aufklärung und Skeptizismus

In der Aufklärungszeit wurden viele traditionelle Vorstellungen und Glaubenssätze hinterfragt und rationalisiert, so auch der Werwolfglaube. Wissenschaftliche Erklärungen wurden gesucht für das Phänomen der Werwölfe, und viele Gelehrte und Denker kamen zu dem Schluss, dass es sich bei den Berichten über Werwölfe um Aberglauben und Massenhysterie handelte, die auf natürliche Ursachen zurückzuführen waren.

Die kulturelle Bedeutung von Werwölfen in der Aufklärung

Trotz der zunehmenden Skepsis gegenüber dem Werwolfglauben blieb die Faszination für diese archetypische Figur bestehen und fand ihren Ausdruck in der Literatur, Philosophie und populären Kultur der Aufklärungszeit. Werwölfe wurden oft als Metapher für die dunklen Seiten der menschlichen Natur und als Symbol für die Gefahren des Aberglaubens interpretiert, der es zu bekämpfen galt.

Die Erfindung des literarischen Werwolfes:
Werwölfe in der europäischen Literatur

In der Renaissance und der Aufklärung entstanden zahlreiche literarische Werke, die sich mit dem Thema der Werwölfe befassten und neue Interpretationen dieser archetypischen Figur entwickelten. Werwölfe wurden oft als komplexe und ambivalente Figuren dargestellt, die sowohl furchteinflößend als auch faszinierend waren und die menschliche Vorstellungskraft auf vielfältige Weise beflügelten.

Zusammenfassung:

Die Renaissance und die Aufklärung brachten eine neue Welle der Faszination für die Vorstellung von Werwölfen mit sich, die sich in der Kunst, Literatur und Philosophie dieser Epochen widerspiegelte. Diese Zeit der Neubewertung und Rationalisierung des Werwolfglaubens trug dazu bei, die Vorstellungskraft der Menschen zu erweitern und neue Perspektiven auf dieses faszinierende Phänomen zu eröffnen.

Die Wiederauferstehung der Bestien: Werwolfsichtungen und Berichte im 17. und 18. Jahrhundert

Das 17. und 18. Jahrhundert waren Zeiten großer gesellschaftlicher Veränderungen und Unsicherheiten, die auch das Phänomen der Werwölfe wieder verstärkt in das Bewusstsein der Menschen rückten.

In dieser Zeit wurden zahlreiche Berichte über Werwolfsichtungen und Angriffe veröffentlicht, die das Interesse an diesen mysteriösen Wesen neu entfachten und zu einer Welle der Faszination führten.

Die Werwolfhysterie im ländlichen Raum

Besonders im ländlichen Raum Europas verbreiteten sich in dieser Zeit Berichte über angebliche Werwolfsichtungen und Angriffe. Die Menschen waren verunsichert und ängstlich angesichts dieser unerklärlichen Phänomene und suchten nach Erklärungen für das unheimliche Geschehen.

Die Rolle der Medien und der Öffentlichkeit

Die Verbreitung von Berichten über Werwolfsichtungen wurde durch die Entstehung der gedruckten Medien verstärkt, die es ermöglichten, Nachrichten und Geschichten über große Entfernungen hinweg zu verbreiten. Sensationslüsterne Zeitungen und Flugblätter griffen die Geschichten von Werwolfsichtungen auf und trugen dazu bei, die öffentliche Faszination für dieses mysteriöse Phänomen zu schüren.

Die psychologischen und soziologischen Aspekte der Werwolfphänomene

Die Berichte über Werwolfsichtungen und Angriffe können auch aus psychologischer und soziologischer Sicht interessant sein. Sie zeigen, wie tief verwurzelt der Glaube an übernatürliche Phänomene und Gestaltwandler in der menschlichen Vorstellungskraft ist und wie stark Ängste und Unsicherheiten das Verhalten und die Wahrnehmung der Menschen beeinflussen können.

Die Wissenschaft und die Suche nach Erklärungen

Wissenschaftler und Gelehrte versuchten, die Phänomene der Werwolfsichtungen und Angriffe rational zu erklären und suchten nach natürlichen Ursachen für die unheimlichen Ereignisse. Dabei wurden verschiedene Theorien vorgeschlagen, von psychologischen Erklärungsansätzen bis hin zu rationalistischen Interpretationen der Berichte.

Zusammenfassung:

Die Werwolfphänomene im 17. und 18. Jahrhundert zeigen, wie tief verwurzelt der Glaube an übernatürliche Phänomene in der menschlichen Vorstellungskraft ist und wie stark Ängste und Unsicherheiten das Verhalten und die Wahrnehmung der Menschen beeinflussen können. Diese Berichte bieten interessante Einblicke in die psychologischen und soziologischen Mechanismen hinter dem Glauben an Werwölfe und zeigen, wie vielschichtig und faszinierend dieses mysteriöse Phänomen ist.

Die Romantisierung der Bestien:

Werwölfe in der Literatur und Kunst des

19. Jahrhunderts

Das 19. Jahrhundert war eine Zeit der Romantik, in der das Interesse an alten Mythen und Legenden wieder auflebte und zu einer Blütezeit der Literatur und Kunst führte.

In dieser Zeit wurden Werwölfe zu faszinierenden und ambivalenten Figuren, die sowohl als gefährliche Bestien als auch als tragische Helden dargestellt wurden.

Die literarische Wiedergeburt der Werwölfe

In der Literatur des 19. Jahrhunderts erlebten Werwölfe eine Wiedergeburt, die eng mit der Romantikbewegung verbunden war. Schriftsteller wie Johann Wolfgang von Goethe (1749 - 1832), E.T.A. Hoffmann (1776 - 1822) und Edgar Allan Poe (1809 - 1849) griffen das Motiv der Werwölfe auf und verwandelten es in faszinierende und düstere Geschichten, die die menschliche Vorstellungskraft beflügelten.

Die romantische Vorstellung vom Werwolf als tragischer Held

In der Romantik wurden Werwölfe oft als tragische Helden dargestellt, die unter einem Fluch oder einer Verwünschung litten und gegen ihre tierischen Instinkte kämpften. Diese literarischen Werwölfe waren keine reinen Monster, sondern komplexe Figuren, die mit ihrer Dualität von Mensch und Tier ringen und dabei oft scheitern.

Die Darstellung von Werwölfen in der bildenden Kunst

Auch in der bildenden Kunst des 19. Jahrhunderts fanden Werwölfe ihren Platz. Maler wie Francisco de Goya und Caspar David Friedrich schufen beeindruckende Werke, die die düstere und geheimnisvolle Atmosphäre der Werwolflegenden einfingen und die Fantasie der Betrachter beflügelten.

Die Einflüsse der Romantik auf die moderne Werwolfmythologie

Die romantische Vorstellung vom Werwolf als tragischer Held hatte einen nachhaltigen Einfluss auf die moderne Werwolfmythologie. Auch heute noch finden sich in Literatur, Film und Popkultur zahlreiche Werwolffiguren, die von den Idealen der Romantik geprägt sind und die menschlichen Sehnsüchte und Ängste auf vielfältige Weise reflektieren.

Zusammenfassung:

Die Darstellung von Werwölfen in der Literatur und Kunst des 19. Jahrhunderts spiegelt die romantische Vorstellung von der Welt als geheimnisvollem und düsterem Ort wider. Diese literarischen und künstlerischen Werke haben dazu beigetragen, die Werwolfmythologie zu einer faszinierenden und vielschichtigen Erzähltradition zu machen, die bis heute die menschliche Vorstellungskraft beflügelt.

Die Faszination des Unheimlichen: Der Werwolf in der Romantik und der Schauerliteratur

Die Epoche der Romantik und der Schauerliteratur im 18. und 19. Jahrhundert war geprägt von einer tiefen Faszination für das Unheimliche und das Übernatürliche.

In dieser Zeit erlebte auch der Werwolf eine Renaissance als Symbol für menschliche Abgründe und düstere Geheimnisse.

Die Romantik und die Sehnsucht nach dem Unbekannten

Die Romantik war eine Zeit, in der das Gefühlte und Emotionale im Mittelpunkt standen und die Sehnsucht nach dem Unbekannten und Geheimnisvollen groß war. In dieser Atmosphäre des Mystischen und Magischen fand auch der Werwolf als Symbol für das Dunkle und Unheimliche seinen Platz in der Literatur und Kunst.

Die Schauerliteratur und die Lust am Grauen

Die Schauerliteratur, die in der Romantik und der frühen Moderne blühte, bediente die Sehnsucht nach dem Grauen und dem Unheimlichen. Werwölfe waren beliebte Figuren in diesen

Geschichten, die oft von düsteren Wäldern, verlassenen Schlössern und geheimnisvollen Gestalten handelten und die Leser in ihren Bann zogen.

Der Werwolf als Symbol für menschliche Abgründe

In der Romantik und der Schauerliteratur wurde der Werwolf oft als Symbol für menschliche Abgründe und düstere Geheimnisse interpretiert. Er verkörperte die dunklen Seiten der menschlichen Natur, die unter der Oberfläche lauern und in Momenten der Schwäche hervorbrechen können.

Die Darstellung von Werwölfen in der Kunst

Auch in der bildenden Kunst der Romantik fanden Werwölfe ihren Platz. Maler wie Henry Fuseli und Theodore Gericault schufen beeindruckende Werke, die die düstere und geheimnisvolle Atmosphäre der Werwolflegenden einfingen und die Fantasie der Betrachter beflügelten.

Zusammenfassung:

Die Romantik und die Schauerliteratur waren geprägt von einer tiefen Faszination für das Unheimliche und das Übernatürliche, in der auch der Werwolf als Symbol für menschliche Abgründe und düstere Geheimnisse eine wichtige Rolle spielte. Diese literarischen und künstlerischen Werke haben dazu beigetragen, den Werwolf als faszinierende und vielschichtige Figur zu etablieren, die bis heute die menschliche Vorstellungskraft beflügelt.

Die Transformation des Werwolfs: Werwölfe in der Popkultur des 20. Jahrhunderts

Das 20. Jahrhundert markiert einen Wendepunkt in der Darstellung von Werwölfen in der Popkultur, insbesondere im Bereich des Films und der Literatur.

Von klassischen Horrorfilmen bis hin zu modernen Romanen haben Werwölfe eine beeindruckende Entwicklung durchlaufen und sind zu Symbolen für menschliche Sehnsüchte, Ängste und gesellschaftliche Veränderungen geworden.

Die goldene Ära des Werwolfkinos

Die 1930er und 1940er Jahre waren geprägt von einer Fülle an klassischen Horrorfilmen, die das Motiv des Werwolfs auf die Leinwand brachten. Filme wie ›Der Wolfsmensch‹ von 1941 mit Lon Chaney Jr. in der Hauptrolle prägten das Bild des Werwolfs als unheimliche Kreatur, die zwischen Menschlichkeit und animalischer Natur hin- und hergerissen ist.

Die Neuerfindung des Werwolfgenres

In den 1980er und 1990er Jahren erlebte das Werwolfgenre eine Neuerfindung, die von Filmen wie ›An American Werewolf in London‹ und ›The Howling‹ geprägt war. Diese Filme brachten frischen Wind in das Genre und experimentierten mit neuen visuellen Effekten und Erzähltechniken, die den Werwolf als faszinierende und ambivalente Figur präsentierten.

Die Verwandlung des Werwolfs in der Literatur

Auch in der Literatur des 20. Jahrhunderts fanden Werwölfe ihren Platz, von klassischen Horrorromanen bis hin zu modernen Urban-Fantasy-Geschichten. Autoren wie Anne Rice und Stephen King haben das Motiv des Werwolfs aufgegriffen und in ihren Werken neu interpretiert, wodurch der Werwolf zu einer Symbolfigur für die dunklen Seiten der menschlichen Natur wurde.

Die Werwolfpopkultur im 21. Jahrhundert

Im 21. Jahrhundert hat die Werwolfpopkultur neue Höhen erreicht, mit einer Vielzahl von Filmen, Fernsehserien, Büchern und Comics, die das Motiv des Werwolfs aufgreifen und weiterentwickeln. Werwölfe sind zu festen Bestandteilen der modernen Popkultur geworden und faszinieren ein breites Publikum mit ihrer Mischung aus Dunkelheit, Gefahr und Romantik.

Zusammenfassung:

Die Darstellung von Werwölfen in der Popkultur des 20. Jahrhunderts spiegelt die vielschichtigen gesellschaftlichen und kulturellen Strömungen dieser Zeit wider und zeigt, wie tief verwurzelt der Glaube an übernatürliche Phänomene in der menschlichen Vorstellungskraft ist. Diese Werke haben dazu beigetragen, den Werwolf als faszinierende und ambivalente Figur zu etablieren, die bis heute die Fantasie der Menschen beflügelt.

Die Vielfalt der Werwolflegenden: Verbreitung von Werwolferzählungen in verschiedenen Ländern und Kulturen

Werwolferzählungen sind nicht auf eine bestimmte Region oder Kultur beschränkt, sondern finden sich in verschiedenen Teilen der Welt in vielfältigen Formen und Variationen.

Von Europa über Nordamerika bis nach Asien und Afrika haben Werwolferzählungen eine lange und reiche Tradition, die Einblicke in die menschliche Vorstellungskraft und die kulturellen Unterschiede bietet.

Europäische Werwolftraditionen: Von Griechenland bis Skandinavien

In Europa finden sich einige der ältesten und bekanntesten Werwolflegenden. Griechische und römische Mythologie erzählen von Gestaltwandlern wie Lykanthropen und Werwölfen, während im mittelalterlichen Europa Berichte über Werwolfsichtungen und Verfolgungen weit verbreitet waren. In Skandinavien hingegen spielen Werwölfe eine Rolle in der nordischen Mythologie und den Sagas der Wikinger.

Nordamerikanische Werwolfmythen:

Vom Skinwalker bis zum Loup-garou

In Nordamerika gibt es eine Vielzahl von indigenen Werwolfmythen, die eng mit der Natur und den spirituellen Traditionen der Ureinwohner verbunden sind. Zu den bekanntesten gehören die Geschichten der Skinwalker bei den Navajo und der Loup-garou in der französischsprachigen Kultur Louisianas.

Asiatische und afrikanische Werwolferzählungen:

Von Shapeshiftern bis zu Werehyänen

Auch in Asien und Afrika finden sich Werwolferzählungen, die oft mit anderen Tiergestalten verbunden sind. In der chinesischen Mythologie gibt es Geschichten von Shapeshiftern wie dem Jiangshi, während in der afrikanischen Folklore die Vorstellung von Werehyänen und anderen Tierwesen weit verbreitet ist.

Moderne Interpretationen und globale Einflüsse

Im Zeitalter der Globalisierung und der Massenmedien haben sich Werwolferzählungen über die Grenzen von Ländern und Kulturen hinweg verbreitet und sind zu festen Bestandteilen der globalen Popkultur geworden. Moderne Filme, Bücher und Fernsehserien greifen das Motiv des Werwolfs auf und interpretieren es auf vielfältige Weise, wodurch neue Variationen und Perspektiven entstehen.

Zusammenfassung:

Die Verbreitung von Werwolferzählungen in verschiedenen Ländern und Kulturen zeigt die Vielfalt und Reichhaltigkeit dieses faszinierenden Phänomens. Diese Geschichten bieten Einblicke in die menschliche Vorstellungskraft, kulturelle Unterschiede und globale Einflüsse, die die Werwolfmythologie zu einem reichen und facettenreichen Teil des kulturellen Erbes der Menschheit machen.

Die dunklen Abgründe der menschlichen Psyche:
Psychologische Interpretationen des Werwolfsyndroms

Das Werwolfsyndrom, auch bekannt als klinische Lykanthropie, ist eine seltene psychiatrische Erkrankung, die durch die feste Überzeugung gekennzeichnet ist, sich in ein Tier, meist einen Wolf, zu verwandeln oder bereits ein Tier zu sein.

Diese faszinierende Störung hat Psychologen und Psychiater seit Jahrhunderten fasziniert und zu verschiedenen Interpretationen geführt.

Die Rolle von Wahnvorstellungen und Halluzinationen

Für Psychiater ist das Werwolfsyndrom oft mit Wahnvorstellungen und Halluzinationen verbunden, die das subjektive Erleben der Betroffenen prägen. Menschen, die an dieser Störung leiden, können fest davon überzeugt sein, dass sie sich in einen Werwolf verwandeln oder von einem Werwolf besessen sind, was zu starken psychischen Belastungen und sozialen Problemen führen kann.

Die Suche nach psychoanalytischen Ursachen

Psychoanalytiker wie Sigmund Freud und Carl Jung haben das Werwolfsyndrom als Ausdruck tief verwurzelter psychischer Konflikte und Traumata interpretiert. Sie sahen in der Fixierung auf die Gestalt des Werwolfs eine symbolische Manifestation unbewusster Ängste, unterdrückter Triebe und ungelöster Konflikte, die im Unterbewusstsein der Betroffenen wirken.

Die Bedeutung von kulturellen Einflüssen und kollektiven Vorstellungen

Einige Psychologen argumentieren, dass kulturelle Einflüsse und kollektive Vorstellungen über Werwölfe eine Rolle bei der Entstehung des Werwolfsyndroms spielen können. In Gesellschaften, in denen der Glaube an Gestaltwandler und übernatürliche Wesen verbreitet ist, können Menschen, die anfällig für psychische Störungen sind, diese Vorstellungen internalisieren und als Ausdruck ihrer eigenen Identität interpretieren.

Therapeutische Ansätze und Behandlungsmöglichkeiten

Die Behandlung des Werwolfsyndroms kann eine Herausforderung darstellen, da es sich um eine komplexe psychiatrische Störung handelt, die verschiedene therapeutische Ansätze erfordert. Psychopharmakotherapie, Psychotherapie und Unterstützung durch das soziale Umfeld können dazu beitragen, die Symptome zu lindern und den Betroffenen zu helfen, mit ihrer Erkrankung umzugehen.

Zusammenfassung:

Das Werwolfsyndrom ist eine faszinierende psychiatrische Erkrankung, die Psychologen und Psychiater seit Jahrhunderten beschäftigt. Die verschiedenen Interpretationen dieses Phänomens bieten Einblicke in die dunklen Abgründe der menschlichen Psyche und zeigen, wie tief verwurzelt der Glaube an übernatürliche Phänomene in der menschlichen Vorstellungskraft ist.

Die Evolution der Legenden:

Moderne Mythen und Legenden von Werwölfen

Im Zeitalter der Globalisierung und der Massenmedien haben sich die Mythen und Legenden von Werwölfen weiterentwickelt und sind zu festen Bestandteilen der modernen Popkultur geworden.

Von Romanen über Filme bis hin zu Videospielen haben Werwölfe eine faszinierende Evolution durchlaufen und sind zu Symbolen für menschliche Sehnsüchte, Ängste und gesellschaftliche Veränderungen geworden.

Werwölfe in der modernen Literatur:
Von Urban Fantasy bis hin zu Horrorromanen

In der modernen Literatur finden sich zahlreiche Werke, die das Motiv des Werwolfs aufgreifen und neu interpretieren. Von Urban Fantasy-Romanen wie ›Twilight‹ bis hin zu düsteren Horrorromanen wie ›Der Werwolf von Paris‹ bieten diese Bücher vielfältige Perspektiven auf die Welt der Werwölfe und zeigen, wie tief verwurzelt der Glaube an übernatürliche Phänomene in der menschlichen Vorstellungskraft ist.

Werwölfe auf der Leinwand:
Von Blockbustern bis hin zu Independent-Filmen

Auch im Bereich des Films haben Werwölfe eine beeindruckende Evolution durchlaufen. Von klassischen Horrorfilmen wie ›An American Werewolf in London‹ bis hin zu modernen Blockbustern wie ›Underworld‹ haben Werwölfe die Leinwand erobert und faszinieren ein breites Publikum mit ihrer Mischung aus Dunkelheit, Gefahr und Romantik.

Werwölfe in der Gaming-Welt:
Von Rollenspielen bis hin zu Action-Adventures

In der Welt der Videospiele haben Werwölfe ebenfalls ihren Platz gefunden. Von Rollenspielen wie ›The Elder Scrolls V: Skyrim‹ bis hin zu Action-Adventures wie ›Bloodborne‹ bieten diese Spiele den Spielern die Möglichkeit, in die Rolle eines Werwolfs zu schlüpfen und die Welt aus einer neuen Perspektive zu erleben.

Die Werwolfpopkultur im digitalen Zeitalter:
Von Memes bis hin zu Fanfiction

Mit dem Aufkommen des Internets und der sozialen Medien haben sich die Möglichkeiten der Werwolfpopkultur weiterentwickelt. Werwölfe sind zu beliebten Figuren in Memes, Fanfiction und Online-Communities geworden, wo Fans sich austauschen, diskutieren und ihre Leidenschaft für diese faszinierenden Wesen teilen können.

Zusammenfassung:

Die modernen Mythen und Legenden von Werwölfen zeigen die vielschichtige und facettenreiche Natur dieses faszinierenden Phänomens. Durch Literatur, Film, Videospiele und das Internet haben Werwölfe eine beeindruckende Evolution durchlaufen und sind zu festen Bestandteilen der modernen Popkultur geworden, die auch weiterhin die Fantasie der Menschen beflügeln wird.

Die Renaissance der Werwölfe:

Werwölfe in der heutigen Popkultur

In der heutigen Popkultur haben Werwölfe eine bemerkenswerte Renaissance erlebt und sind zu festen Bestandteilen von Filmen, Fernsehserien und Büchern geworden.

Von düsteren Horrorfilmen bis hin zu romantischen Urban-Fantasy-Romanen faszinieren Werwölfe ein breites Publikum und bieten vielfältige Interpretationen eines der ältesten und faszinierendsten mythologischen Wesen.

Werwölfe auf der großen Leinwand:
Blockbuster und Independent-Filme

In der Filmwelt haben Werwölfe einen festen Platz eingenommen, sowohl in großen Blockbustern als auch in unabhängigen Produktionen. Filme wie ›Twilight‹ und ›Underworld‹ haben das Werwolfmotiv für ein Massenpublikum neu interpretiert, während Independent-Filme wie ›Ginger Snaps‹ und ›Dog Soldiers‹ eine düstere und intensive Vision des Werwolfs präsentieren.

Werwölfe im Fernsehen: Serienhits und Kultklassiker

Auch im Fernsehen sind Werwölfe präsent, sowohl in erfolgreichen Serienhits als auch in Kultklassikern. Serien wie ›Teen

Wolf‹ und ›True Blood‹ haben das Werwolfmotiv für ein jugendliches Publikum neu erfunden, während Klassiker wie ›Buffy the Vampire Slayer‹ und ›Being Human‹ das Motiv des Werwolfs in epische Erzählungen integriert haben.

Werwölfe in der Literatur:
Urban Fantasy und romantische Romane

In der Literaturwelt finden sich zahlreiche Werke, die das Motiv des Werwolfs aufgreifen und neu interpretieren. Von Urban-Fantasy-Romanen wie ›Die Luna-Chroniken» bis hin zu romantischen Romanen wie ›Shiver‹ bieten diese Bücher vielfältige Perspektiven auf die Welt der Werwölfe und faszinieren Leser jeden Alters.

Die Werwolfpopkultur im digitalen Zeitalter:
Fanart, Fanfiction und Online-Communities

Mit dem Aufkommen des Internets und der sozialen Medien haben sich die Möglichkeiten der Werwolfpopkultur weiterentwickelt. Werwölfe sind zu beliebten Figuren in Fanart, Fanfiction und Online-Communities geworden, wo Fans sich austauschen, diskutieren und ihre Leidenschaft für diese faszinierenden Wesen teilen können.

Zusammenfassung:

Die Präsenz von Werwölfen in der heutigen Popkultur zeigt, dass dieses faszinierende mythologische Wesen auch im digitalen Zeitalter nichts von seiner Faszination verloren hat. Durch Filme, Fernsehserien, Bücher und das Internet haben Werwölfe eine bemerkenswerte Renaissance erlebt und sind zu Symbolen für menschliche Sehnsüchte, Ängste und gesellschaftliche Veränderungen geworden, die auch weiterhin die Fantasie der Menschen beflügeln wird.

Die Verbreitung moderner Legenden: Die Rolle von Werwölfen in der zeitgenössischen Folklore und Urban Legends

Werwölfe sind nicht nur Figuren aus der Vergangenheit oder der Popkultur, sondern spielen auch eine Rolle in modernen Legenden und urbanen Mythen, die sich in der heutigen Gesellschaft verbreiten.

Diese Geschichten, die oft mündlich weitergegeben werden oder im Internet kursieren, faszinieren und beunruhigen Menschen auf der ganzen Welt und spiegeln die tief verwurzelten Ängste und Sehnsüchte wider.

Die Wiederkehr der Werwolfsichtungen:
Moderne Berichte und Augenzeugenberichte

Trotz der wissenschaftlichen Aufklärung und des rationalen Denkens gibt es immer wieder Berichte über Werwolfsichtungen und angebliche Begegnungen mit diesen mythischen Wesen. Diese modernen Legenden verbreiten sich oft in ländlichen Gegenden oder abgelegenen Gebieten, wo die Grenzen zwischen Realität und Fantasie verschwimmen und die Menschen an die Existenz übernatürlicher Phänomene glauben.

Werwölfe im Zeitalter des Internets:
Creepypastas, Verschwörungstheorien und Internet-Memes

Das Internet hat die Verbreitung von modernen Legenden und Urban Legends revolutioniert und eine Vielzahl von Plattformen geschaffen, auf denen Geschichten über Werwölfe und andere übernatürliche Wesen geteilt und diskutiert werden. Von Creepypastas und Verschwörungstheorien bis hin zu Internet-Memes und viralen Videos haben Werwölfe eine faszinierende Präsenz im digitalen Raum.

Die psychologische Dimension:
Die Bedeutung von modernen Legenden für die menschliche Psyche

Moderne Legenden und Urban Legends, einschließlich Geschichten über Werwölfe, erfüllen wichtige psychologische Funktionen in der menschlichen Psyche. Sie helfen den Menschen, ihre Ängste und Unsicherheiten zu verarbeiten, bieten eine Möglichkeit, mit dem Unbekannten umzugehen, und ermöglichen es den Menschen, sich mit anderen zu verbinden und gemeinsame Erfahrungen zu teilen.

Die kulturelle Bedeutung:

Werwölfe als Spiegel gesellschaftlicher Ängste und Sehnsüchte

Die Verbreitung von modernen Legenden und Urban Legends, die Werwölfe als Hauptfiguren haben, spiegelt die tief verwurzelten Ängste und Sehnsüchte wider, die in der modernen Gesellschaft existieren. Von der Angst vor dem Verlust der Kontrolle über die eigene Natur bis hin zur Sehnsucht nach Freiheit und Veränderung repräsentieren Werwölfe komplexe kulturelle Symbole, die die menschliche Vorstellungskraft seit Jahrhunderten faszinieren.

Auf der Suche nach rationalen Erklärungen: Wissenschaftliche Erklärungsansätze für den Glauben an Werwölfe

Trotz der Faszination und des weit verbreiteten Glaubens an Werwölfe haben Wissenschaftler verschiedene Erklärungsansätze vorgeschlagen, um die Entstehung und den Fortbestand dieses Mythos rational zu erklären.

Diese Ansätze reichen von psychologischen Theorien bis hin zu biologischen Phänomenen und kulturellen Einflüssen, die zusammenarbeiten, um das Phänomen der Werwölfe in der menschlichen Vorstellungskraft zu verankern.

Psychologische Erklärungen:
Die Bedeutung von Ängsten und Fantasien

Psychologen haben vorgeschlagen, dass der Glaube an Werwölfe aus tief verwurzelten Ängsten und Fantasien der menschlichen Psyche entstehen könnte. Der Mythos des Werwolfs könnte eine symbolische Manifestation von menschlichen Ängsten vor Kontrollverlust, animalischen Instinkten und inneren Konflikten sein, die in der kollektiven Vorstellungskraft verankert sind.

Biologische Erklärungen:
Genetische Störungen und psychische Erkrankungen

Einige Wissenschaftler haben vorgeschlagen, dass biologische Faktoren, wie genetische Störungen oder psychische Erkrankungen, zur Entstehung des Glaubens an Werwölfe beitragen könnten. Menschen, die an genetischen Störungen leiden, die mit übermäßigem Haarwuchs oder ungewöhnlichem Verhalten einhergehen, könnten als ›werwolfähnlich‹ wahrgenommen werden und zur Verbreitung des Mythos beitragen.

Soziokulturelle Erklärungen:
Die Rolle von Folklore und kulturellen Überlieferungen

Soziokulturelle Erklärungen betonen die Rolle von Folklore, Legenden und kulturellen Überlieferungen bei der Entstehung und Verbreitung des Glaubens an Werwölfe. In vielen Kulturen auf der ganzen Welt gibt es Geschichten und Mythen über Gestaltwandler und übernatürliche Wesen, die als Vorläufer des modernen Werwolfmythos dienen könnten.

Neurowissenschaftliche Erklärungen:
Das Phänomen der Halluzinationen und Wahnvorstellungen

Neurowissenschaftliche Erklärungen konzentrieren sich auf das Phänomen der Halluzinationen und Wahnvorstellungen, die bei bestimmten psychischen Erkrankungen auftreten können. Menschen, die an psychischen Störungen wie Schizophrenie leiden, könnten Halluzinationen von Werwölfen erleben oder fest davon überzeugt sein, sich in einen Werwolf zu verwandeln, was zur Verbreitung des Glaubens an Werwölfe beitragen könnte.

Zusammenfassung:

Die wissenschaftlichen Erklärungsansätze für den Glauben an Werwölfe bieten Einblicke in die vielschichtigen Ursachen und Mechanismen, die zur Entstehung und Verbreitung dieses faszinierenden Mythos beitragen. Von psychologischen Theorien über biologische Phänomene bis hin zu soziokulturellen Einflüssen zeigen diese Ansätze, dass der Glaube an Werwölfe ein komplexes Phänomen ist, das verschiedene Aspekte der menschlichen Natur und Vorstellungskraft widerspiegelt.

Über den Autor

 Lutz Spilker wurde im Jahre 1955 in Duisburg geboren.

Bevor er zum Schreiben von Romanen und Dokumentationen fand, verließen bisher unzählige Kurzgeschichten, Kolumnen und Versdichtungen seine Feder.

In seinen Büchern befasst er sich vorrangig mit dem menschlichen Bewusstsein und der damit verbundenen Wahrnehmung. Seine Grenzen sind nicht die, welche mit der Endlichkeit des Denkens, des Handelns und des Lebens begrenzt werden, sondern jene, die der empirischen Denkform noch nicht unterliegen.

Es sind die Möglichkeiten des Machbaren, die Dinge, welche sich allein in der Vorstellung eines jeden Menschen darstellen und aufgrund der Flüchtigkeit des Geistes unbewiesen bleiben. Die Erkenntnis besitzt ihre Gültigkeit lediglich bis zur Erlangung einer neuen und die passiert zu jeder weiteren Sekunde.

Die Welt von Lutz Spilker beginnt dort, wo zu Beginn allen Seins nichts Fassbares war, als leerer Raum. Kein Vorne, kein Hinten, kein Oben und kein Unten. Kein Glaube, kein Wissen, keine Moral, keine Gesetze und keine Grenzen. Nichts.

In Lutz Spilkers Romanen passieren heimtückische Morde ebenso wie die Zauber eines Märchens. Seine Bücher sind oftmals Thriller, Krimi, Abenteuer, Science Fiction, Fantasy und selbst Love-Story in einem.

»Ich liebe die Sprache: Sie vermag zu streicheln, zu liebkosen und zu Tränen zu rühren. Doch sie kann ebenso stachelig sein, wie der Dorn einer Rose und mit nur einem Hieb zerschmettern.«

In dieser Reihe sind bisher erschienen

Die Erfindung der Langeweile
Die Erfindung des Menschen
Die Erfindung des Geldes
Die Erfindung des Teufels
Die Erfindung des Erfolgs
Die Erfindung der Sterblichkeit
Die Erfindung der Lüge
Die Erfindung der Freiheit
Die Erfindung des Todes
Die Erfindung der Welt
Die Erfindung des Inselmenschen
Die Erfindung der Zeit
Die Erfindung der Seele
Die Erfindung der Politik
Die Erfindung des Gewissens
Die Erfindung der Religion
Die Erfindung der Schuld
Die Erfindung der Gerechtigkeit
Die Erfindung des Friedens
Die Erfindung des Selbstgesprächs
Die Erfindung der Zukunft
Die Erfindung der Pornographie
Die Erfindung der Verschwendung
Die Erfindung des Erwachsenseins
Die Erfindung der Hölle
Die Erfindung der Überbevölkerung
Die Erfindung des Himmels
Die Erfindung der Monarchie
Die Erfindung der Unterhaltung
Die Erfindung der Sprache

Die Erfindung der Musik
Die Erfindung der Wiedergeburt
Die Erfindung des Zufalls
Die Erfindung der Namen
Die Erfindung des Bewusstseins
Die Erfindung des freien Willens
Die Erfindung des Wahrsagens
Die Erfindung der Körpersprache
Die Erfindung des Schlafs
Die Erfindung der Sklaverei
Die Erfindung der Angst
Die Erfindung der Vernunft
Die Erfindung des Vollmonds
Die Erfindung des Vitamin B
Die Erfindung des Make-Up
Die Erfindung des Weihnachtsfestes
Die Erfindung des Ku-Klux-Klan
Die Erfindung des Träumens
Die Erfindung der Flaschenpost
Die Erfindung der Mafia
Die Erfindung der Freimaurer
Die Erfindung der Freibeuter
Die Erfindung der Raumfahrt
Die Erfindung der Tempelritter
Die Erfindung des ADHS-Syndroms
Die Erfindung der Homöopathie
Die Erfindung der Freizeitparks
Die Erfindung des Werwolfs
Die Erfindung des Astralkörpers

Zeitfracht Medien GmbH
Ferdinand-Jühlke-Straße 7
99095 Erfurt, Deutschland
produktsicherheit@kolibri360.de